AF454566

Vente du 5 Décembre 1885
(SALLE SILVESTRE)

CATALOGUE

DE

LIVRES MODERNES

SUR

LES SCIENCES MATHÉMATIQUES

ET

D'OUVRAGES DIVERS

COMPOSANT

LA BIBLIOTHÈQUE DE FEU M. BRETON

INGÉNIEUR EN CHEF DES PONTS ET CHAUSSÉES EN RETRAITE

PARIS

Vᵛᵉ ADOLPHE LABITTE

LIBRAIRE DE LA BIBLIOTHÈQUE NATIONALE

4, RUE DE LILLE, 4

1885

LA VENTE AURA LIEU

Le Samedi 5 Décembre 1885

A sept heures et demie du soir

RUE DES BONS-ENFANTS, 28 (MAISON SILVESTRE)

SALLE N° 2

Par le ministère de M° JULES BONNIN, commissaire-priseur

59, RUE DE CHATEAUDUN

Assisté de M. Ém. PAUL, gérant de la Librairie V°° Adolphe LABITTE

CONDITIONS DE LA VENTE

La vente se fait expressément au comptant.

Les acquéreurs payeront 5 p. 100 en sus des enchères, applicables aux frais.

Il y aura exposition le jour de la vente, de 2 à 4 heures.

Les livres devront être collationnés dans les vingt-quatre heures de l'adjudication. Passé ce délai, ou une fois sortis de la salle de vente, ils ne seront repris pour aucune cause.

M. Ém. PAUL, chargé de la vente, remplira les commissions des personnes qui ne pourraient y assister.

CATALOGUE

DE

LIVRES MODERNES

SUR

LES SCIENCES MATHÉMATIQUES

ET

D'OUVRAGES DIVERS

COMPOSANT

LA BIBLIOTHÈQUE DE FEU M. BRETON

Ingénieur en chef des Ponts et Chaussées en retraite.

SCIENCES MATHÉMATIQUES

1. ACADÉMIE DES SCIENCES. Comptes-rendus hebdomadaires. *Paris, Bachelier, Gauthier-Villars,* 1841-1880, 9 vol. en demi-rel. la suite en fascicules et 2 vol. de table, de 1835-1865.

    1841-1845, moins le 2e semestre de 1842. La collection reprend en 1865 et continue jusqu'en 1880 en fascicules. Nombreuses lacunes dans cette dernière période.

2. ALEXANDRINI (Papi) collectionis quæ supersunt. E libris manu scriptis edidit latina interpretatione et commentariis instruxit F. Hultsch. *Berolini, apud Weidmannos,* 1876-1878, 3 vol. — Heronis geometricorum et stereometricorum reliquiæ, 1 vol. — Ens. 4 vol. in-8, demi-rel. mar. br. (*Weber.*)

3. ANNALES (Nouvelles) DE MATHÉMATIQUES, journal des candidats aux écoles polytechnique et normale. *Paris, Cari-*

lian-Gœury et Gauthier-Villars, 1842-1881, 40 vol. in-8, demi-rel. v. br.

Première série, 1842-1861, 20 vol.
Deuxième série, 1862-1881, 20 vol.

4. ARPENTAGE. Réunion de 5 vol. rel.

DURAND DE MONESTROL. Traité élémentaire d'arpentage. 1835. — LEFÈVRE. Guide de l'arpenteur. 1833, 1 vol. — MOINOT. Levés de plans à la stadia. — BOURDALOUE. Pantosymètre. 1867, 1 vol. — BARDIN. La topographie enseignée. 1849, 1 vol.

5. ASTRONOMIE. Réunion de 3 vol. in-8 et in-12 rel.

BIOT. Recherches sur l'astronomie égyptienne. 1823. — THEONIS Smyrnei platonici liber de astronomia. *Edidit Th. Martin*, 1849. — HOEFER. Histoire de l'astronomie.

6. ASTRONOMIE. Réunion de 4 vol.

LIAIS (Emm.). Traité d'astronomie appliquée à la géographie et à la navigation, suivi dé la géodesie pratique. *Paris, Garnier,* 1867, gr. in-8, demi-rel. chag. bleu. — BERTRAND. Les Fondateurs de l'astronomie moderne. *Paris, Hetzel, s. d.,* in-8, demi-rel. chag. vert. — FRANCŒUR. Géodesie du traité de la figure de la terre et de ses parties. *Paris, Gauthier-Villars,* 1879, in-8, demi-rel. chag. bleu. — FAYE. Leçons de cosmographie. *Paris, Hachette,* 1852, in-8, demi-rel. mar. vert.

7. BERTRAND. Traité de calcul différentiel et de calcul intégral. *Paris, Gauthier-Villars,* 1864, in-4, demi-rel. chag. vert.

Calcul différentiel.

8. — Traité de calcul différentiel et de calcul intégral. *Paris, Gauthier-Villars,* 1870, in-4 demi-rel. chag. vert.

Calcul intégral.

9. BIOT. Traité élémentaire d'astronomie physique. *Paris, Bachelier,* 1841-1857, 5 vol. in-8, demi-rel. v. gris.

10. BOUCHARD. Traité des constructions rurales. *Paris, Bouchard-Huzard, s. d.,* 2 vol. gr. in-8, front. pl. demi-rel. chag. vert.

11. BRETON DE CHAMP. Note sur une propriété de l'équation différentielle des lignes de plus grande pente. *Paris, Gauthier-Villars,* 1867, 4 pp. in-4.

Extrait des *Comptes-rendus de l'Académie des sciences.*
100 exemplaires.

12. — Tracé de la courbe d'intrados des voûtes de pont en

anses de panier d'après le procédé de Perronnet... nouvelle édition revue, améliorée et en partie refondue. *Paris,
Dalmont et Mallet-Bachelier*, 1857, brochure in-4 de 56 pp.
fig.

15 exemplaires.

13. BRETON de Champ. Traité du lever des plans et de l'arpentage. *Paris, Bouchard-Huzard*, 1865, in-8, br.

2 exemplaires.

14. — Traité du lever des plans et de l'arpentage. *Paris,
Bouchard-Huzard*, 1865, in-8, pl. chag. vert, fil. tr. dor.

Exemplaire en PAPIER VÉLIN, au chiffre et aux armes de NAPO-
LÉON III.

15. — Traité du Nivellement, seconde édition revue, corrigée et augmentée. *Paris, Mallet-Bachelier*, 1861, in-8, br.

8 exemplaires.

16. — Deuxième supplément aux recherches nouvelles sur
les porismes d'Euclide. Examen et réfutation de l'interpré-
tation donnée par M. Vincent des textes de Pappus et de
Proclus relatifs aux porismes. *Paris, impr. de Mallet-
Bachelier, s. d.*, brochure in-4 de 54 pp.

Extrait du *Journal des mathématiques pures et appliquées*, 2me série,
tome III, 1858.
14 exemplaires.

17. — Question des Porismes. Extrait d'une lettre de
M. Breton à M. Liouville. *Paris, impr. de Mallet-Bachelier*,
brochure in-4 de 2 pp.

Extrait du *Journal des mathématiques pures et appliquées*, 2me série,
tome IV, 1859.
20 exemplaires.

18. — Question des Porismes. Notice sur les débats de prio-
rité auxquels a donné lieu l'ouvrage de M. Chasles sur les
porismes d'Euclide, suivie de l'explication de ce que c'est
qu'un porisme. *Paris, Bouchard-Huzard*, 1866, br. in-8 de
64 pp.

287 exemplaires.

19. — Question des Porismes. Notice sur les débats de prio-
rité auxquels a donné lieu l'ouvrage de M. Chasles sur les
porismes d'Euclide. Partie complémentaire, comprenant
les notes, la table des matières et le titre définitif du

volume. *Paris, Vve Bouchard-Huzard*, 1872, brochure in-8
de 108 pp.

260 exemplaires.

20. BULLETIN de l'Association scientifiqne de France. *Paris,
Gauthier-Villars*, 1865-1881 (inclus.), 27 tomes en 14 vol.
in-8, demi-rel. v. br.

Manque le tome XXV.

21. — des Sciences mathématiques et astronomiques. *Paris,
Gauthier-Villars*, 1870-1880 (inclus.), 17 vol. gr. in-8, demi-
rel. chag. viol.

Les 11 premières années.

22. CHASLES. Aperçu historique sur le développement des
méthodes en géométrie. Seconde édition conforme à la
première. *Paris, Gauthier-Villars*, in-4, demi-rel. chag.
vert.

23. — Aperçu historique sur l'origine et le développement
des méthodes en géométrie. *Bruxelles, Hayez*, 1837, in-4,
demi-rel. chag. noir.

24. — Géométrie supérieure. *Paris, Bachelier*, 1852, in-8,
demi-rel. v. f.

25. — Traité des Sections coniques faisant suite au traité de
géométrie supérieure. *Paris, Gauthier-Villars*, 1865, in-8,
pl. demi-rel. v. f.

Première partie.

26. — Traité de géométrie supérieure. Deuxième édition.
Paris, Gauthier-Villars, 1880, gr. in-8, fig. demi-rel. chag.
noir.

27. — Rapport sur les progrès de la Géométrie. *Paris, Impr.
Nationale*, 1870, in-4, demi-rel. chag. noir.

28. — Les trois livres de porismes d'Euclide. *Paris, Mallet-
Bachelier*, 1860, in-8, demi-rel. chag. viol.

29. CLERC. Essai sur les éléments de la pratique des levers
topographiques et de leur enseignement. *Paris, Leneveu*,
1839-1843, 3 vol. in-8, demi-rel. v. gris.

30. COLLIGNON. Traité de mécanique. *Paris, Hachette*, 1873-
1874, 4 vol. — Cours de mécanique appliquée aux con-

structions. *Paris, Dunod*, 1869, 2 vol. — Ens. 6 vol. in-8,
demi-rel. chag. vert.

31. COLLINS. Correspondance relative à l'analyse supérieure.
Paris, Mallet-Bachelier, 1856, in-4, demi-rel. v. viol.

32. COURNOT. Ouvrages divers. *Paris, L. Hachette*, 1841-1863,
8 vol. in-8, demi-rel. v. vert.

> Traité des fonctions et du calcul infinitésimal, 2 vol. — Essai sur les
> fondements de nos connaissances, 2 vol. — Des institutions d'instruc-
> tion publique en France, 1 vol. — Principe de la théorie des richesses,
> 1 vol. — Considération sur la marche des idées, 2 vol.

33. DICTIONNAIRE de l'industrie manufacturière, commerciale
et agricole. *Paris, B. Dussilion*, 1843, 10 vol. in-8, fig. demi-
rel. v. gris.

34. DICTIONNAIRE du commerce. *Paris, Guillaumin*, 1839-1841,
2 vol. gr. in-8, texte à deux col. demi-rel. chag. vert.

35. DUHAMEL. Cours de mécanique. *Paris, Mallet-Bachelier*,
1863, 2 vol. — Des méthodes dans les sciences du raison-
nement. *Paris, Gauthier-Villars*, 1865-1870, 4 tomes en 3
vol. — Éléments de calcul infinitésimal. *Paris, Gauthier-
Villars*, 1874-1876, 2 vol. — Ens. 7 vol. in-8, demi-rel.

36. ÉCOLE des ponts et chaussées. — Collection des dessins
distribués aux élèves. — 11 fascicules de plans gr.
in-4.

> Séries I-XI : Exécution des travaux, généralités. — Routes. — Ponts.
> — Chemins de fer. — Navigation intérieure. — Ports maritimes. —
> Architecture. — Travaux d'assainissement des villes. — Travaux de
> génie agricole. — Moteurs à vapeur. — Machines et appareils divers.

37. ÉCOLE des Ponts et Chaussées, ouvrages divers. — Ens.
4 vol. cart. et en demi-rel.

> Catalogue descriptif des modèles, instruments et dessins des gale-
> ries de l'École, par H. Baron. 1873. — Catalogue des livres composant
> la bibliothèque de l'École des ponts et chaussées. 1872. — Exposition
> universelle de Vienne. 1873. — Exposition universelle de Melbourne.
> 1880. — Notices sur les dessins, modèles et ouvrages relatifs aux tra-
> vaux des ponts et chaussées et des mines. 1873.

38. EUCLIDE. OEuvres en grec, en latin et en français, par F.
Peyrard. *Paris, Patris*, 1814-1818, 3 vol. in-4, fig. demi-rel.
v. ol.

39. EULER. Arithmétique raisonnée et algèbre élémentaire.
Bruxelles, 1839, 2 vol. in-8, demi-rel. v. br.

40. Figuier. Vies des savants illustres. *Paris, Lacroix*, 1866-1870, 5 vol. gr. in-8, nombr. fig. demi-rel. mar. r.

41. Foucault. Recueil des travaux scientifiques. *Paris, Gauthier-Villars*, 1878, in-4, portr. demi-rel. mar. r.

42. Ganot. Traité de physique. 1853, 1 vol. — Delaunay. Cours de mécanique. 1854, 4 vol. — Cours d'astronomie (par le même). 1853, 1 vol. — Ens. 3 vol. in-12, demi-rel.

43. Gauss. Werke. *Gotha*. 1863-1871, 7 vol. in-4, demi-rel. chag. vert.

> Manque le tome VI.

44. Géométrie. Réunion de 5 vol. in-8, demi-rel.

> Jacob. Géométrie analytique. 1842, 1 vol. — Goulard Henrionnet. Guide du géomètre. 1849, 1 vol. — Amiot. Leçons de géométrie. 1850, 1 vol. — De Joncquières. Géométrie pure. 1856, 1 vol. — Houel. Géométrie élémentaire. 1867, 1 vol.

45. — Réunion de 6 vol. in-8, demi-rel.

> Poncelet. Applications d'analyse et de géométrie. 1862, 2 vol. — Briot et Bouquet. Géométrie analytique. 1 vol. — Legendre. Éléments de géométrie. 1 vol. — Lefébure de Fourcy. Leçons de géométrie analytique. — Vincent. Cours de géométrie. 1 vol.

46. — Réunion de 4 vol. in-8, demi-rel. et 2 brochures in-8.

> Brun. Opérations sur le terrain. 1860. — Debreuil. Art du nivellement. 1842, 1 vol. — Thiollet. L'Art de lever les plans. 1 vol. — Porro. La Tachéométrie. 1858, etc.

47. Hageau. Description du canal de jonction de la Meuse au Rhin. *Paris*, 1819, in-4, demi-rel. v. f. et atlas in-4 obl. br.

48. Herschel. Traité de la lumière. *Paris, Malher*, 1829, 2 vol. in-8, demi-rel. bas. r.

49. Jacqmin. Des Machines à vapeur. *Paris, Garnier*, 1870, 2 vol. gr. in-8, demi-rel. chag. noir, ébarbé.

50. Journal fur die reine angewandte Mathematik. *Berlin*, 1877-1881, 4 vol. in-4, demi-rel. vél. blanc.

> Tomes LXXXIII-XC.

51. Kircherus. Pantometrum Kircherianum, hoc est instrumentum geometricum novum a celeberrimo viro Ath. Kirchero. *Herbipolis, Jobus Hertz*, 1640, in-4, fig. v. ol. fil.

52. Lagrange. Mécanique analytique. Troisième édition, re-

vue, corrigée et annotée par **M. J. Bertrand**. *Paris, Mallet-Bachelier*, 1853, 2 vol. — Théorie des fonctions analytiques, contenant les principes du calcul différentiel, etc. *Paris, Bachelier*, 1847, 1 vol. — Ens. 3 vol. in-4, demi-rel. chag. vert.

53. LAGRANGE. Œuvres publiées par les soins de M. J.-A. Serret. *Paris, Gauthier-Villars*, 1867-1877, 7 vol. in-4, demi-rel. chag. noir.

54. LAMÉ. Leçons sur les coordonnées curvilignes. *Paris, Mallet-Bachelier*, 1859. — Leçons sur les fonctions inverses des transcendants et les surfaces isothermes. *Paris, Mallet-Bachelier*, 1857. — Élasticité des corps. *Paris, Bachelier*, 1852. — Théorie analytique de la chaleur. *Paris, Mallet-Bachelier*, 1861. — Ens. 4 vol. in-8, demi-rel. v. f.

55. LAPLACE. Œuvres. *Paris, Impr. Royale*, 1843-1847, 7 vol. in-4, demi-rel. v. ol.

56. LEGENDRE. Théorie des nombres. Troisième édition. *Paris, F. Didot frères*, 1830, 2 vol. in-4, demi-rel. bas.

57. LEJUSTE. Guide des architectes et vérificateurs. *Paris*, 1848, in-4, demi-rel. v. f. — CAVALIER. Introduction au cours de construction. 1854, in-4, pl. cart. — Ens. 2 vol.

58. L'HOSPITAL. Analyse des infiniment petits. *Paris, Jombert*, 1781, in-4, pl. v. gran. fil. (*Armoiries sur les plats.*)

59. LIBRI (G.). Histoire des sciences mathématiques en Italie. *Paris, J. Renouard*, 1838-1841, 4 vol. in-8, demi-rel. v. br.

60. LIOUVILLE. JOURNAL DE MATHÉMATIQUES pures et appliquées. Recueil mensuel. *Paris, Bachelier, Gauthier-Villars*, 1836-1881, 46 vol. in-4, demi-rel. v. br. (*Rel. unif.*)

    Première série. 1836-1855, 20 vol.
    Deuxième série. 1856-1874, 19 vol.
    Troisième série. 1875-1881 inclus. 7 vol.

61. MALLET. Géométrie pratique. *Paris, Anisson*, 1702, 4 vol. in-8, front. v. ant. marb. dos orné.

62. MARTIN (H.). Recherches sur Héron d'Alexandrie. *Paris, Impr. Imp.*, 1854, in-4, demi-rel. chag. gren. — H. VINCENT. Recherches sur les fragments d'Héron d'Alexandrie. *Paris,*

B.

Impr. Nationale, 1851, in-4, demi-rel. chag. gren. — Ens.
2 vol.

63. MAURY. L'ancienne Académie des Sciences. — L'ancienne
Académie des Inscriptions et Belles-Lettres. *Paris, Didier*,
1864, 2 vol. — BERTRAND. L'Académie des Sciences et les
académiciens de 1666 à 1793. *Paris, Hetzel, s. d.* — Ens.
3 vol. in-8, demi-rel. chag. vert.

64. MÉCANIQUE. Réunion de 6 vol. in-8, demi-rel.

    NAVIER. Applications de la mécanique. 1838, 2 vol. — FREYSSINET.
Traité de mécanique rationnelle. 1858, 2 vol. — NAVIER. Leçons de
mécanique. 1841, 1 vol. — FISCHER. Physique mécanique. 1819,
1 vol.

65. MÉCANIQUE. Réunion de 6 vol. in-8, demi-rel.

    PEYROT. Traité de mécanique. 1834, 1 vol.— MORIN. Leçons de mé-
canique pratique. 1853, 1 vol.—LAURENT. Mécanique rationnelle. 1870,
2 vol. — STURM. Cours de mécanique. 1861, 2 vol.

66. MINARD. Cours de construction des ouvrages qui établissent
la navigation des rivières et des canaux. *Paris, Carilian-
Gœury*, 1841, 1 vol. de texte et 1 vol. de pl. — Ens. 2 vol.
in-4, demi-rel. v. f.

67. MOIGNO. Leçons de calcul différentiel et de calcul intégral,
2 vol. — Calcul des Variations, 1 vol. — Leçons de mécanique analytique. Statique, 1 vol. — *Paris, Bachelier et Gauthier-Villars*, 1840-44-61-68. — Ens. 4 vol. in-8, demi-rel. v.
vert.

68. MONGE (G.). Géométrie descriptive. *Paris, Bachelier*, 1827,
1 vol. — Application de l'analyse à la géométrie. *Paris, Bachelier*, 1850, 4 vol. portr. — Ens. 2 vol. in-4, demi-rel. v. f.
et chag. br.

69. MONTUCLA. Histoire des Mathématiques, nouvelle édition.
Paris, Agasse, an VII à an X, 4 vol. in-4, fig. demi-rel. bas.
avec coins.

    Ouvrage devenu rare.

70. PHYSIQUE. Réunion de 6 vol. en demi-rel.

    JAMIN. Petit traité de physique. 1870, 1 vol. — BELLET. Traité d'op-
tique physique. 1858, 2 vol. — DUPONCHEL. Traité d'hydraulique.
1868, 1 vol. — MAISSIAT. Mémoire sur la boussole. 1817, 1 vol. —
MONCKHOVEN. Traité d'optique photographique. 1866, 1 vol.

71. POISSON. Traité de mécanique. *Paris, Bachelier*, 1833,

2 vol. in-8, demi-rel. v. f.—PIARRON DE MONDÉSIR. Dialogues sur la mécanique. *Paris, Gauthier-Villars*, 1870, in-8, demi-rel. chag. bleu. — DELAUNAY. Traité de mécanique rationnelle. *Paris, Langlois et Leclercq*, 1856, in-8, demi-rel. v. bleu. — Ens. 4 vol.

72. PONCELET. Introduction à la mécanique industrielle. — Cours de mécanique appliquée aux machines. *Paris, Gauthier-Villars*, 1870-1874, 2 vol. in-8, demi-rel. chag. noir.

73. — Traité des propriétés projectives des figures. *Paris, Bachelier*, 1822, in-4. pl. demi-rel. v. f. — Traité des propriétés projectives des figures, deuxième édition. *Paris, Gauthier-Villars*, 2 vol. in-4, demi-rel. chag. vert. — Ens. 3 vol.

74. POUILLET. Éléments de physique expérimentale et de météorologie. *Paris, Hachette*, 1853, 2 vol. in-8 et un atlas in-4, demi-rel. chag. vert.

75. PROCLUS. In primum librum Euclidis: F. Barocio interprete. *Patavii, excudebat Gratiosus Perchacinus*. 1560. gr. in-8, demi-rel. v. br.

76. PRONY (de). Leçons de mécanique analytique. *Paris*, 1815. 2 tomes en 1 vol. in-4, pl. demi-rel. v. bleu. — CORIOLIS. Traité de la mécanique des corps solides et du calcul de l'effet des machines. *Paris*, 1844, in-4, demi-rel. v. br. — Ens. 2 vol.

77. PTOLÉMÉE. Almageste, in-8, demi-rel. v. f. non rog.
MANUSCRIT arabe.

78. PUISSANT. Traité de géodésie. *Paris, Bachelier*, 1842, 2 vol. in-4. demi-rel. v. f.

79. QUETELET. Histoire des sciences mathématiques et physiques chez les Belges. *Bruxelles. Hayez*, 1864. 1 vol. — Sciences mathématiques et physiques chez les Belges au commencement du XIXᵉ siècle. *Bruxelles, Thiry van Buggenhoudt*, 1866. 1 vol. — Ens. 2 vol. in-8, demi-rel. chag. vert.

80. RAVINET. Code des Ponts et Chaussées et des Mines. *Paris, Carilian-Gœury*, 1829-1840, 8 vol. in-8, demi-rel. v. gris.

81. REGNAULT (V.). Relation des expériences pour déterminer les principales lois et les données numériques qui entrent dans le calcul des machines à vapeur. *Paris, F. Didot,* 1847-1870, 3 vol. in-4, demi-rel. mar. bleu.

82. RESAL (H.). Traité de mécanique générale. *Paris, Gauthier-Villars,* 1873-1881, 6 vol. in-8, les 4 premiers en demi-rel. chag. viol. les deux derniers brochés.

83. SÉDILLOT. Instruments astronomiques des Arabes, traduit de l'arabe. *Paris, Impr. Royale,* 1834, in-4, demi-rel. chag. noir.

84. — Matériaux pour servir à l'histoire comparée des sciences mathématiques chez les Grecs et les Orientaux. *Paris, F. Didot frères,* 1849, 2 vol. in-8, demi-rel. v. viol.

85. SERRET. Cours d'algèbre supérieure. *Paris, Gauthier-Villars,* 1866, 2 vol. in-8, demi-rel. chag. viol. — SALMON. Leçons d'algèbre supérieure, traduites de l'anglais par Bazin. *Paris, Gauthier-Villars,* 1868, demi-rel. chag. vert. — LEFÉBURE DE FOURCY. Leçons d'algèbre. *Paris, Bachelier,* 1841, in-8, demi-rel. v. gris. — COURNOT. Correspondances entre l'algèbre et la géométrie. *Paris, Hachette,* 1847, in-8, demi-rel. v. vert. — Ens. 5 vol.

86. SMITH (Robert). Cours complet d'optique, traduit de l'anglois... avec des additions considérables... par L. P. P. *Avignon et Paris, veuve Girard et Jombert,* 1767, 2 vol. in-4, fig. v. ant. éc.

87. TOPOGRAPHIE. Réunion de 10 vol. in-8, demi-rel.

SALNEUVE. Cours de topographie et de géodésie. 1850, 1 vol. — VERKAVEN. L'Art de lever les plans. 1811, 1 vol. — BONNARD. L'Art de lever les plans. 1845, 1 vol. — DUHOUSSET. Applications de la géométrie à la topographie. 1842, 1 vol. — BENOÎT. Cours de topographie et de géodésie. 1822, 2 vol. — FRANCŒUR. Géodésie. 1855, 1 vol. — HENNON. Géodésie des forêts. 1846, 1 vol. — GENCE. Arpentage à la boussole. 1852, 1 vol. in-4. — BUFFON D'ESCAR. Essai sur le nivellement. 1805, 1 vol.

88. VALLÉE (L.). Théorie de l'œil. 1 vol. — Changements d'organisation des ponts et chaussées et de l'École polytechnique. 1 vol. — Cours élémentaire complet sur l'œil et la vision de l'homme et des vertébrés qui vivent dans l'air. 1 vol. — Des eaux, des travaux publics et du barrage de

Genève. *Paris, J.-B. Baillière*, 1844, etc. — Ens. 4 vol. in-8, demi-rel. v. f.

89. VALLÉE (L.). Traité de géométrie descriptive. *Paris, Bachelier*, 1825, 2 vol. in-4, texte et pl. br.

90. VIANNE (Ed.). Prairies et plantes fourragères, ouvrage orné de 170 vignettes. *Paris, J. Rothschild*, 1870, gr. in-8, fig. br.

91. VIGNON. Étude historique sur l'administration des voies publiques en France aux xviie et xviiie siècles. *Paris, Dunod*, 1862, 3 vol. gr. in-8, demi-rel. v. f.

92. VILLARCEAU. Sur l'établissement des arches de pont. *Paris, Impr. Impériale*, 1853, in-4, demi-rel. v. br.

DIVERS

93. BARANTE. Histoire des ducs de Bourgogne de la maison de Valois. *Paris, Ladvocat*, 1825-1826, 13 vol. in-8, fig. et cartes, demi-rel. v. gris, tr. marb.

94. BEATTIE. Switzerland, illustrated by Bartlett. *London*, 1835, in-4, fig. gravées, montées sur onglets, demi-rel. chag. r.

95. BOUILLET. Dictionnaire universel d'histoire et de géographie. Nouvelle édition, vingtième. *Paris, Hachette*, 1867, in-8, demi-rel. chag. br. plats toile.

96. CERVANTES. Don Quichotte, traduit de l'espagnol par Bouchon du Bournial. *Paris, Mequignon-Marvis*, 1821, 4 vol. in-8, fig. d'Eug. Lami, demi-rel. v. vert, non rog.

97. — Œuvres complètes, traduites par Bouchon du Bournial. — Persiles et Sigismonde, ou les Pèlerins du nord. *Paris, Mequignon-Marvis*, 1822, 2 vol. in-8, fig. de Desenne, demi-rel. v. vert, dos orné, fil. non rog.

98. CODEX medicamentarius. Pharmacopée française, rédigée par ordre du gouvernement. 1 vol. — Commentaires théra-

peutiques du Codex medicamentarius, 1 vol. *Paris, J.-B. Baillière*, 1866-1874, 2 vol. gr. in-8, cart.

99. COLLECTION DES CLASSIQUES FRANÇAIS. *Paris, Lefèvre (impr. de J. Didot l'aîné)*, 1824 et années suivantes, 72 vol. in-8, portr. demi-rel. mar. r. tête dor. ébarbé.

> Boileau. 1824, 4 vol. — Bossuet. Discours sur l'histoire universelle. 1825, 2 vol. Oraisons funèbres. 1825, 1 vol. — P. Corneille. 1824, 12 vol. — Crébillon. 1828, 2 vol. — Fénelon. Télémaque. 1824, 2 vol. Œuvres diverses. 1824, 1 vol. — La Bruyère. Caractères. 1829, 2 vol. — La Fontaine. 1827, 6 vol. — La Rochefoucauld. Maximes. 1827, 1 vol. — Le Brun. 1829, 1 vol. — Le Sage. Gil Blas. 1825, 3 vol. — Malherbe. 1825, 2 vol. — Molière. 1824, 8 vol. — Montaigne. Essais. 1826, 5 vol. — Montesquieu, 1826, 8 vol. — Pascal. Pensées. 1826, 1 vol. Les Provinciales. 1824, 1 vol. — Parny. 1827, 1 vol. — Racine. 1825, 7 vol. — Rousseau (J.-B.). 1824, 2 vol.

100. COSTE. Voyage d'exploration sur le littoral de France et d'Italie. *Paris, Impr. Impériale*, 1861, in-4, demi-rel. chag. br.

101. COURIER (P.-L.). OEuvres complètes. *Paris, Paulin*, 1834, 4 vol. in-8, demi-rel. bas. viol.

102. DICTIONNAIRES divers. — Ens. 3 vol. gr. in-8, demi-rel.

> ALEXANDRE. Dictionnaire grec-français. *Paris, Hachette*, 1850, 1 vol. texte à 3 col. — SCHUSTER. Nouveau dictionnaire des langues allemande et française. *Paris, Hingray*, 1844, 1 vol. — SPIERS. Dictionnaire anglais-français. *Paris, Baudry*, 1846, 1 vol.

103. DROZ (Joseph). OEuvres. *Paris, Renouard*, 1826-1829, 3 vol. in-8, demi-rel. v. vert, dos orné.

104. DULAURE. Histoire de Paris, seconde édition. *Paris, Guillaume*, 1823-1824, 10 vol. in-8, et atlas in-4 obl. demi-rel. v. g.

105. GESSNER. OEUVRES. *Paris, Renouard, an VII*-1799, 4 vol. in-8, portr. et fig. demi-rel. mar. bleu avec coins, non rog. (*Purgold.*)

> Exemplaire sur PAPIER VÉLIN avec la suite complète des 3 portraits et des 48 figures de Moreau, épreuves AVANT LA LETTRE, à laquelle on a ajouté les pièces suivantes de la même suite : DIX EAUX-FORTES; le portrait de Gessner, tiré sur PAPIER ROSE, avec la lettre; le portrait de Huber, avec la lettre; la première figure du chant III de la *Mort d'Abel*, gravée par Halbou et Pauquet, la première AVANT LA LETTRE SUR CHINE et la seconde à l'état d'EAU-FORTE; la troisième figure du même chant (gravée par Halbou?), épreuve AVANT LA LETTRE, et la même figure en contre-partie, non signée (par Girardet?), en trois états : AVANT LA LETTRE *avec le cadre*, AVANT LA LETTRE *avant le cadre* et l'EAU-FORTE; 4 figures en double AVANT LA LETTRE dans des états

différents, dont une, la 3ᵉ du chant II de la *Mort d'Abel,* offre une particularité qui, nous le croyons, n'a pas encore été signalée : la main
d'Ève y est placée d'une façon toute différente que dans la figure ordinaire.

Cet exemplaire contient en outre :

3 figures de Moreau des *Lettres à Émilie,* dont une AVANT LA LETTRE;
une figure de Moreau pour l'Idylle 45 (Iris et Églé), gravée en sens
contraire par Trière pour les *OEuvres de Berquin,* édition Renouard,
épreuves en deux états : sur CHINE AVANT LA LETTRE et EAU-FORTE;
une figure de Moreau : l'*Ouragan* (lettre grattée); le portrait de Gessner, gr. in-8, par Denon, gravé par Saint-Aubin; le portrait de J.-J.
Rousseau par Saint-Aubin.

La suite complète du portrait, des frontispices et des figures de Marillier pour les *OEuvres de Gessner,* édition Cazin; 16 figures remontées
de Marillier pour les *Idylles de Berquin;* 13 figures de Borel pour les
Idylles de Berquin, épreuves sur CHINE AVANT LA LETTRE, sauf une qui
est sur blanc; 11 figures et 5 EAUX-FORTES diverses.

En tout 144 pièces.

106. GRANDVAL. Le Vice puni, ou Cartouche, poème, nouvelle
édition avec des figures convenables à chaque chant. *Paris, Pierre Prault,* 1726, pet. in-8, fig. v. ant. éc.

107. JANIN (J.). La Confession. *Paris, Mesnier,* 1830, 2 tomes
en 1 vol. front.—Barnave. *Paris, Levavasseur,* 1831, 4 vol.
—DEBUREAU. Histoire du théâtre à 4 sous. *Paris, Ch. Gosselin,* 1832, 2 tomes en 1 vol. —Ens. 6 vol. in-16, demi-rel.
v. viol. tr. marb. (*Vogel.*)

108. LA FONTAINE. Fables, illustrées par J.-J. Grandville. *Paris,
Fournier,* 1838, 2 vol. in-8, demi-rel. v. f.

109. LECLERCQ (Th.). Proverbes dramatiques. *Paris, Furne,*
1833-1836, 10 vol. in-8, fig. de Johannot, demi-rel. v. f.

110. LEMONTEY. OEuvres. *Paris, A. Sautelet,* 1829-1832, 7 vol.
in-8, demi-rel. v. vert, tr. marb.

111. LITTRÉ. Dictionnaire abrégé de la langue française, par
A. Beaujan. *Paris, Hachette,* 1875, gr. in-8, texte à deux
col. demi-rel. chag. vert.

112. LONGCHAMP ET WAGNIÈRE. Mémoires sur Voltaire et sur
ses ouvrages. *Paris, André,* 1826, 2 vol. gr. in-8, demi-rel.
chag. br.

Exemplaire en GRAND PAPIER VÉLIN.

113. MALTE-BRUN. Précis de la Géographie universelle. *Paris,
Aimé André,* 1831-1837, 12 vol. in-8, et un atlas in-4 obl.
demi-rel. v. f.

114. MARCHANGY. La Gaule poétique. *Paris, Baudouin,* 1824, 6 vol. — Tristan le voyageur. *Paris, Urb. Canel,* 6 vol. — Ens. 12 vol. in-8, demi-rel. v. viol. dos orné. (*Rel. unif.*)

115. MICHAUD. Biographie universelle ancienne et moderne. *Paris,* 1811-1828, 52 vol. in-8, br.

116. MOLIÈRE. OEuvres complètes, ornées de 30 vignettes dessinées par Devéria et gravées par Thompson. *Paris, Canel,* 1826, gr. in-8, texte à 2 col. v. ol. fil. or, comp. à fr. tr. marb. (*Messier.*) *Édition compacte.* — Histoire de la vie et des ouvrages de Molière, par J. Taschereau. *Paris, Brissot-Thivars,* 1828, in-8, br. — Ens. 2 vol.

117. MONDRU (A.). Les Jeunes Voyageurs en France, ou Lettres sur les départements, ouvrage entièrement refondu et conduit jusqu'en 1827 par Depping. *Paris, Et. Ledoux,* 1834, 6 vol. in-16, fig. demi-rel. v. bleu, ébarbé.

118. NODIER (Ch.). OEuvres (romans, contes et nouvelles). *Paris, Eug. Renduel,* 1832, 12 vol. in-8, demi-rel. v. ol. |

119. PLUTARQUE. Les Hommes illustres, traduction de D. Ricard. *Paris, Brière,* 1827, gr. in-8, texte à 2 col. portr. demi-rel. v. ol. ébarbé.

Édition compacte.

120. QUICHERAT ET DAVELUY. Dictionnaire latin-français. 1 vol. — Addenda lexicis latinis. 1 vol. *Paris, Hachette,* 1860-1862. — Ens. 2 vol. in-8, demi-rel. mar. vert.

121. ROUSSEAU (J.-J.). OEuvres, avec des notes historiques. *Paris, Lefèvre,* 1819-1821, 24 vol. in-8, fig. de Devéria, demi-rel. v. ol. tr. marb.

122. SAINTE-BEUVE. Tableau historique et critique de la poésie française et du théâtre français au XVIᵉ siècle. *Paris, A. Sautelet,* 1828, 2 vol. — Vie, poésies et pensées de Joseph Delorme. *Paris, N. Delangle,* 1830, 1 vol. — Critiques et portraits littéraires. *Paris, Eug. Renduel,* 1832, 1 vol. — Ens. 4 vol. in-8, demi-rel. v. rose, tr. marb. (*Rel. unif.*)

123. SALVANDY. Histoire de Pologne. *Paris, Sautelet,* 1829, 3 vol. — Mémoires historiques de Frédéric II publiés par Auguis. *Paris, Bechet,* 1828, 1 vol. — Ens. 4 vol. in-8, demi-rel. v. vert.

124. Say (J.-B.). Cours complet d'économie politique pratique. *Paris, Rapilly,* 1828-1829, 6 vol. in-8, demi-rel. v. ol.

125. Scribe (Eug.). Théâtre complet. *Paris, Aimé André,* 1834-1842, 24 vol. in-8, fig. demi-rel. v. vert.

126. Tasse. Jérusalem délivrée, traduit de l'italien (par Lebrun). *Paris, Bossange,* 1814, 2 vol. in-8, fig. de Le Barbier, v. noir, fil. tr. dor.

127. Thiébault. Frédéric le Grand, ou Mes Souvenirs de vingt ans de séjour à Berlin. *Paris, Bossange,* 1826, 5 vol. in-8, port. demi-rel. v. rose, tr. marb.

128. Tressan. OEuvres, précédées d'une notice sur sa vie et ses ouvrages par M. Campenon. *Paris, Nepveu,* 1823, 10 vol. in-8, portr. fig. d'après les dessins de Colen, demi-rel. v. br.

Les figures sont AVANT LA LETTRE.

129. Vapereau. Dictionnaire universel des contemporains. *Paris, Hachette,* 1870, 1 tome en 2 vol. gr. in-8, texte à 2 col. demi-rel. mar. br.

130. Vitet (L.). Scènes historiques. *Paris, H. Fournier jeune,* 1827-1829, 3 vol. in-8, demi-rel. v. ol. tr. marb.

La mort de Henri III. — Les Barricades. — États de Blois.

131. VOLTAIRE. OEuvres, nouvelle édition, avec des notes par M. Beuchot. *Paris, Lefevre (imprimerie de F. Didot l'aîné),* 1824-1840, 72 vol. in-8, demi-rel. mar. r. tête dor. ébarbé.

132. Sous ce numéro, il sera vendu en lots environ 600 volumes sur les sciences mathématiques.